素心集

刘家◎著

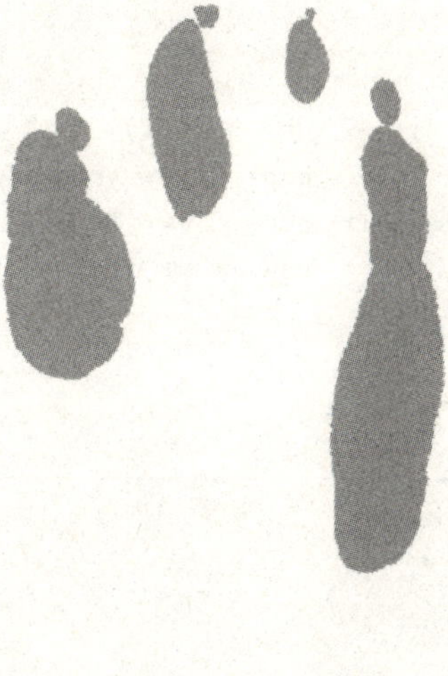

黄河出版传媒集团
宁夏人民出版社

图书在版编目（CIP）数据

素心集／刘家 著．—银川：宁夏人民出版社，2017.7

ISBN 978-7-227-06714-6

Ⅰ.①素… Ⅱ.①刘… Ⅲ.①诗集—中国—当代 Ⅳ.①I227

中国版本图书馆 CIP 数据核字（2017）第 192733 号

素心集 刘 家 著

责任编辑 杨敏媛
封面设计 王 稳
责任印制 肖 艳

黄河出版传媒集团
宁夏人民出版社 出版发行

出 版 人 王杨宝
地 址 宁夏银川市北京东路 139 号出版大厦（750001）
网 址 http：//www.nxpph.com http：//www.yrpubm.com
网上书店 http：//shop126547358.taobao.com http：//www.hh-book.com
电子信箱 nxrmcbs@126.com renminshe@yrpubm.com
邮购电话 0951-5019391 5052104
经 销 全国新华书店
印刷装订 四川金邦印务有限公司
印刷委托书号 （宁）0006112

开本 880mm×1230mm 1/32
印张 5 字数 150 千字
版次 2017 年 8 月第 1 版
印次 2017 年 8 月第 1 次印刷
书号 ISBN 978-7-227-06714-6
定价 28.00 元

用揉碎的文字
记录人生心语
汇成点点素心
与朋友们共享

序一

此心安处是吾乡

龚学敏

我的同事——20 世纪 80 年代便成名的诗人李自国把刘家的这部诗集给我时说："刘家想请你给这本诗集写几句话，刘家在茂县工作，你在州内工作时他认识你。"我因为工作缘故，对阿坝州的诗歌创作一向比较关注。刘家是州里的新诗人。说到州里的新诗人，想起上月里一起谈诗歌的一群来自天南地北的年轻人，其中一位，恰好也是州里人，在成都读研究生，她的发言在当时给我的第一反应是：如果州内写诗的朋友们都能听一下多好。她说，她的亲戚中有一位长辈一直在写诗，送过一本诗集给她。然后，她便有意识地读了一些州内诗人的诗作，她最大的感受是如果老是这样写下去，会把现在的人与那方山水隔开。我在想她表达的意思中是不是有这么两层。一是虽然我们在这山水中渐渐长大，并且，自认为对这山山水水的理解里有比旁人更多的爱，其实，我们了解的只是这山水的皮毛，我们的灵魂还游离在山水之间，而没沉浸进去。二是我们所用的表达方式已经不能表达现在的山水了。这两层意思好像都是有道理的。刘家是新诗人，想到新诗人自然就想到了上面的这段话，这段话也许对阿坝州的诗人有用。当然，每一位诗人都应该思考第二层含义：我们所用的表达方式是不是能够表达现在的山水，尤其是支撑我们长大的这些山水。

刘家出生在四川资中，一直在我们州里人习惯上称为的内地里长大，求学，读书，他并不是土生土长的茂县人。这种经历，很符合我对自古以来四川多文人的一种解释。四川出诗人，这几乎是一种共识，原因很多，但一直认为山水是主要原因之一。四川从海拔最低处的几百米到海拔最高处的几千米，地质地貌、动植物多样性的呈现，毫无疑问地丰富了诗人的感观世界，同时，又极大地提升了诗人的想象力。加之，十里不同俗，这几千米的海拔差异中，无数的风土人情、地域文化又为诗人的创作提供了无限的可能。这也算四川诗人拥有了得天独厚之妙处。所以，一位从资中走到茂县的年轻人写出一部诗集，就一点都用不着诧异，因为每一个人心中都有着常人看不到的诗意，只是，我们生活中什么样的偶然，才能引发机缘罢了。刘家是诗歌的有缘人。从四川内地典型川派文化一路走来的刘家，来到藏羌风情的阿坝高原，才开始，想必是有着一种让人喘不过气来的差异感，这种差异，是催生诗歌的最好的土壤。刘家知道该在这土壤里种什么样的事物，并且，知道它们会结出什么样的果实。

刘家收在这本《素心集》中的一部分作品被命名为《无

题短诗》，一共有236首。这样的小诗成为这本诗集的重要组成：

蓝天把忧伤给了云朵
云朵哭了，浸湿了大地

像这样干净的句子，只有内心一样干净的诗人才能写出。现时的情况是人们过多地关注自己，甚至把自己和文学真正所要抒写内心等同起来，而遗忘了那些和人类一同走到当下的外部世界，在这个大的背景下，对人的内心正确的抒写才是文学之道。

一个硬币有两面
但你往往会忽略它的侧面

写诗的角度从来就是一个重要的问题，诗人观察世界，观察自己的内心世界需要自己独特的一种姿态，这种姿态，会决定你整个写作的状况。刘家观察事物的角度决定他今后的诗歌写作，这是他把诗歌写得开阔起来的前提。

我敬仰山上最高的那棵树
因为他把孤独撑进了天空

打开刘家的诗集看到的这两行诗，突然间就想到《星星》

的老人流沙河先生和他发表在《星星》创刊号的《草木篇》。情怀对于一个写诗的年轻人而言是所有因素里面最重要的，尤其是当下这个物俗横流的时断，之所以用时断这个词，是因为我总是希望时事朝着理想的方向走。诗人不是一种职业，诗人是一种气质，或者说是那类在我们身边，和我们一样过着世俗生活，但是，有着普通人没有的悲悯情怀的人。

东坡先生的诗句“此心安处是吾乡”最是适合刘家了。从内地的资中，一路走到这藏羌文化浓郁的阿坝高原上，唯有安心，才能体会到各种的妙，各种的丰沛，然后把心放进美妙的诗歌里，想必这诗意的人生也是吾辈真正的追求。

我想就用刘家的诗句来做这番话的结尾：

平凡是真实的世界
就像诗歌里的每一个字
积累多了就会成为不平凡的句子

2017 年 8 月 8 日于成都

（龚学敏，四川省作协副主席，《星星》诗刊主编，著名诗人）

序二

透明的简，素心的雪

雷 子

时间飞逝的速度远比纸质日历燃烧得更快，我总是被拖延症和强迫症交织困扰，因为刘家的诗集已在我的办公桌上躺了近两个月。

我不知为他作序的第一个字该从哪里出发，唯恐发音错了破坏了诗心最初的感觉。在我的印象中，三十多岁的刘家是个沉稳、干练的年轻人，他先后在宣传部、乡镇和县级机关等部门工作。在大多数人印象里，他擅长解决一些计算机技术难题，专注于网络安全技术，这种能力让我在他的诗歌《黑客》中得到印证；再则他是我县公文写作培训的老师，曾被四川省公务员培训中心邀请为全省各级党政群机关文秘人员讲公文写作，这样的介绍看似与一本诗集无关，但我却固执地认为这恰好是其创作的功底：悟性与专业精神，那是理性之藤上开出的感性之花。

翻阅着这本《素心集》，让我首先想到是泰戈尔的《飞鸟集》，那里充满了诗意和哲理。能取出“素心集”这样一个朴素且灵动书名的作者令我欢欣，毕竟身边有太多挚爱过文学的朋友已远离此道，因为文学能直接带给个人的期许和荣耀毕竟太少，作为一个基层文学爱好者自己出书的艰辛又可见一斑，所以当我忽然见到这样一个文学新人时，我简直有点欣喜若狂，生怕他是一时心血来潮后转身就走了，所以立即允诺为他做点什么，毕竟文学的断代令我感到忧郁；毕竟民族文化消亡的速度已到了令我们恐慌的地步。

刘家的《素心集》短诗有230余首，长诗50余首。这样的诗集结构是少见的，也许这和他的个性与工作性质有关，他常在理性与感性中转换，空隙时写诗仿佛成了他思想喘息与升华的证据，没有枝枝叶叶的藤蔓却只见简约的花朵与果实。且看这样的句子：“我敬仰山上最高的那棵树/因为他把孤独撑进了天空”；“宣传是由近及远的传播/它是一个个同心圆/半径越长面积越大”；“不要总想着回报/那样大海也会干涸。”这样的哲理诗在书中随处可见，含蓄而意味深长，那是他对生活进行提炼后的思考。

刘家的侧影像漫画家丁聪笔下可爱的三毛，他的诗是俏皮的：“鱼儿跃起的一瞬间/接住了阳光的吻/她连接了两个世界”；“打开梦的雨伞/我会像雪花一样飘落”；“是云朵还俗了/才有了雪花”；他的想象力充满了诗的意境与浪漫。

有人曾说“每个行业的高度都是相同的”，我们从《黑客》中看到这样的诗句：“虚拟的世界/无数蠕虫听命于你/

……夜已深，是你的原色/一双黑色的眼睛，正偷窥着漆黑的世界/角落里爬满的蚊虫伺机而动/刺探着属于自己的尤物/黑夜里涌动的蠕虫/还有嘶鸣的‘木马’/正寻找新的宿主/不知道下一个窥视/又会出现在世界哪个角落夜……”作者从专业角度诠释了“黑客精神”，这种精神与诗人的灵魂仿佛是相通的，同样纯粹、执着、自由、美丽而绚烂。

对一个诗人来说，要写正能量的诗歌更难，因为他肩负着社会的责任，需要传播正确的社会价值观，“这是一个诗人的文学修养和文化学养，包含了一个作家对社会、对人生、对民族的责任和良心”。《素心集》中不乏这样的诗：“我多想化作一只彩鸟/叼着阳光永不日落/我更想变成一只海燕/守住蔚蓝永不沉没/把一切美好留给人间/是五彩的，是希望的”；“正值当年，时逢盛世。你该出发了……”

面对文友的处女作，我想表达的太多太多，毕竟这是一个诗歌自由抒怀同时也是一个浮躁的时代。比如，互联网上偶尔撞见的一行行分段的“散文”诗歌，就像重复繁琐的“流水账”，宛如一株草的躯干上挂着几片肥厚的绿叶，丢失了生命力；一些似曾相识萎靡堆砌的华丽辞藻，让诗句泛着“诡谲”的光，却未能照亮内心深处。互联网的便捷以快餐式的速度充斥着头脑，习惯性的搜索替代了诸多思考，轻飘飘的文字少了原创文学的灵动和诗意的想象。

我想与作者共勉的是：首先要保持正确的三观方能决定诗歌创作的方向、意义、质量和品位。作为初出茅庐的诗人能拥有敏锐的视觉和创作的爆发力难能可贵，但学无止境，诗海无涯。只有不断加强自身文化的修养，不断提升自己的领悟力，发掘自我潜能，方能走向文学这块更加开阔的海域。

让我对这本《素心集》给予真诚的祝福，她像春天出发的小船承载着无数的激情与梦想，这行行排排的文字像极简的素描，虽没有绚丽的色彩却另有一番留白的回想，也许它能在这喧哗的尘世带给你片刻的凝思与妙想。

今天的小雨下得淅淅沥沥，这是公元二〇一七年二十四节气的第六个节气——谷雨，也是春季最后一个节气，源自古人“雨生百谷”之说，同时也是播种移苗、掩瓜点豆的最佳时节。我不得不再次敬佩老祖先留下的农耕文明的智慧，同样作为一个中国人，我们又何曾不是在传统文化、民族文学这块肥沃的土地上生长，不断吮吸着前人的智慧逐日成长起来的呢？

2017 年 4 月 20 日　谷雨　四川茂县

（雷子，羌族，四川汶川人。中国作家协会会员，四川省阿坝州作家协会副主席）

目　录

此心安处是吾乡（序一）/ 龚学敏 / 1
透明的简，素心的雪（序二）/ 雷　子 / 5

无题短诗 / 1
春　曲 / 63
黑　客 / 64
梦中的雨 / 66
致陵园 / 68
外　婆 / 70
晨　曦 / 71
再写外婆 / 74
老房子 / 76

别了吧，香烟的味道 / 78
时　间 / 80
生　命 / 82
青　春 / 83
既来世上，怎不作留 / 85
留着微笑，献给汪国真 / 86
唤　醒 / 88
假如我是诗人 / 89
梭磨河 / 90
九鼎山 / 91
问道西羌 / 92
茂州·深夜 / 93
水调歌头·长江 / 94
花儿断肠，情已殇 / 95
寒　柳 / 96
冬　日 / 97
茂州图景 / 98
回眸一笑·暮人群 / 99
乡土味道 / 100
岷　江 / 101
秃　鹰 / 103
女　人 / 104
感动中国 / 105
雪花，驻了 / 108

感　冒 / 110
什么样的感觉 / 112
自言自语 / 114
离　别 / 116
雪　山 / 118
你走了 / 119
那张白纸 / 120
夕阳下的梦魇 / 122
胡言乱语 / 124
读《白鹿原》的女人 / 126
母　亲 / 128
在梦中呼喊你 / 130
石头人 / 131
苹　果 / 133
锄　头 / 134
素　心 / 135
笔 / 136
葬　品 / 138
美丽的松花江 / 139

自嘲（后记）/ 143

无题短诗

1

我敬仰山上最高的那棵树
因为他把孤独撑进了天空

2

青稞伸出粉红的舌头
舔舐性感的雪峰
这远古的种子
喂饱了青藏高原

3

你写传奇
我写你
你讲别人的故事
我讲你的故事

4

晚上
我把世界装进梦里睡着了
早上
梦醒了
我又开始积蓄晚上的梦

5

你成功了
我失败了
但我们都在做同样的尝试

6

我宁愿在伤口上撒盐
让疼痛来得更猛烈些
也不愿在心灵上留下伤痛的记忆

7

藤蔓的坚韧
总是懂得攀附！

8

一个硬币有两面
但你往往会忽略它的侧面

9

生命其实没有长短
你只不过是其中的一环

10

我不信上帝
一切收获都不是祈祷来的

11

你爱死了脸面
他却恨死了你的背面

12

词是曲的凝固
曲是词的飞扬
词曲的和谐
注定了美妙的乐章

13

冰川在凝固中沉默
雪花像小白蛇那般静卧

14

文化是新与旧的现象
它是一个三角形
越往上越新
越往下越厚

15

你用玫瑰俘获爱情
可她的余香总会慢慢变淡
你又用什么留住一生

16

你把希望寄托在将来
可将来又寄托在什么地方

17

不要总想着回报
那样大海也会干涸的

18

炙热的夏天
知了叫烦了空气
连风也躲避了

19

女人什么时候
都要像花一样绽放

20

宣传是由近及远的传播
它是一个个同心圆
半径越长面积越大

21

我是一个上了年纪的年轻人
心里始终充满着浪漫与激情
时刻准备用炽热的心燃烧生活

22

有一天
如母亲真正离开你
你会说唠叨是一种财富

23

草原上的雨
下蓝了天空
大地之春
绿透了人的心儿

24

小溪
让洪水扰乱了宁静
学会用咆哮征服世界

25

这泼天的禽流感挟带复仇之火
狠狠将滥用抗生素的人类怒目

26

美丽的松果
你要掉就掉吧
但不要砸中我的头
别让我承受那过重的希望

27

告诉老年人
青春没有年龄
只是你的风采
多了一道夕阳

28

婚姻只是人生驿站
我真的希望
你用眼泪流出幸福
从此不再伤悲

29

时间触碰了我的隐私
我只有光明正大
接受阳光的洗礼

30

哲学辩证了我
我辩证着世界
无论对错，无论高低，无论大小……
清高与卑微，富贵与贫穷
天地任我辩论

31

晚秋的最后一天
太阳早早地收起
冬天又要来了

32

我多想化作一只彩鸟
叼着阳光永不日落
我更想变成一只海燕
守住蔚蓝永不沉没
把一切美好留给人间
是五彩的，是希望的

33

你在黑暗中无尽的贪婪
难道不怕黎明的到来吗

34

大地的坎坷
在于隆起的山谷
你永远不知道
有多少个上上下下

35

罪恶的深渊
往往是掉下去
才知道有多深

36

当我老了
我会拉着孙儿（女）的手
告诉他（她），那个时候
我也是这样牵着你的爸爸

37

你把生日刻在了墓碑上
告诫人们：人活着才能看见世界

38

可怜的嫩芽还未长成
就迎来了第一批贪婪的食客
最后只剩下光秃秃的躯干了

39

屋檐下的燕窝
许久没有迎来它的主人
我不知道让谁捎信
去告诉它是否一切安好

40

夏天的傍晚
火车徐徐驶出
孩子向父亲久久挥别
声声“爸爸”和着鸣笛声
响彻整个县城
随着两根铁轨飘向远方……

41

美不需要修饰
就像狰狞不需要丑化

42

世界装满我一个
我便独闯世界

43

再浑浊的水
也有澄清的那一天

44

你如果忘记过去
你也一定会否定未来

45

心灵的孤独
终究会葬入大山
纯洁的雨露
总会洗涤那一生的污垢

46

鱼儿跃起的一瞬间
接住了阳光的吻
她连接了两个世界

47

幸福有时含着泪水
悲伤有时却带着微笑

48

孤独的夜
如果没有雨水该多好

49

嫦娥把美留给了孤独的夜
不知道欣赏她的人在哪个角落

50

蝴蝶的足下是一片灿烂
她的世界是多彩的

51

你的谎言只是一块遮羞布
揭开它，我们只会多一个看点

52

一切美好
都是期望的总和

53

世界很大
你差的不是那艘船
而是达到彼岸的勇气

54

你习惯偏信
可有人偏听
你告诉他这只是听说

55

流星的勇敢
是敢于亮一刹那
你的勇敢
是一刹那都不敢亮

56

平台即舞台
它的精彩
在于你的表演

57

人生道路上
不应该让超速成为习惯
因为那样的脚印总是不深刻的

58

大地啊
你容纳了万物
我赞美你
可你说那是宇宙的功劳

59

谦卑
不是阿谀奉承
要知道
弯腰只是礼节
点头只是问候
你要相信
你的骨头永远不是软的

60

玫瑰的香
需要懂她的人去闻

61

凋谢的花朵
告诉你又一个春天即将来临

62

光阴是流失的时间
时间是移动的光阴

63

高山与蓝天的距离
取决于云朵的厚度

64

诗人把爱给了文字
文字把爱给了读者

65

我希望阳光变成 X 射线
那样我就能看透你的心

66

把精神注入血液
流出的是高贵的品质

67

你怎么在黑暗的地方
说阳光不公平呢

68

浪花的自豪
是可以看见一路风景

69

时间越久，思念越浓
距离越远，牵挂越深

70

最遥远的距离
是相处的陌生

71

永远记住批评你的人
他们是你前进的指路人

72

人生总在追求完美
完美总是在捉弄人生

73

走好足下的路
便能拥有美好的明天

74

一把尺子装着有限的刻度
却能丈量万物

75

受伤是一件好事
它起码让你知道
什么可以碰
什么不能碰

76

有些脚印终究停止了步伐
但那些路还在继续

77

离开才会有距离
有距离才会有向往

78

生命不是射线
是一条线段

79

学得竹的空灵
才会更清高

80

春天的第一场雪
是冬天的最后一个礼物

81

睡了吧，别在深夜吻着玫瑰
待她醒来，让余香溢满你房间

82

雪花走了
樱花来了
大地换了个颜色

83

寂寞的你
陪着寂寞的床
看着寂寞的天花板

84

月亮把温暖还给了太阳
只留下一些苍白

85

云落到了水里
从此鱼儿便有了自己的天

86

当我看到黄昏时
你就会见到地平线

87

古墓里的人守住了历史
你最多是一个刽子手

88

月亮是你夜间的伴侣
你走哪里她就到哪里

89

飞机对着坐标飞行
汽车弯着公路行驶
火车沿着轨道前行
他们都只有一条路
你却能选择三条路

90

井底之蛙是一种心态
我愿做它

91

失败与成功没有先后
人生最大的失败是一直在成功

92

文人的勇气
是始终能做好下文

93

好人做了一件坏事就成了坏人
坏人做了很多好事也难成为好人

94

只有垃圾堆里才充满了生活的味道

95

童话里有皇帝的新装
现实里你却活着像童话

96

记住，是太阳累了才有黄昏

97

蝴蝶和蜜蜂都是花的好朋友
但他们却从来不交往

98

不要去相信神
他只会知道用嘴祈祷

99

不要因为年轻而失去自信
年长者也有犹豫

100

闻到了花的声音
春已来到

101

玻璃给你的回应是
看得见摸不着

102

世界因爱便有了温度
温度有了爱，就拥有了热烈

103

是云朵还俗了
才有了雪花

104

红酒抱怨你成了她
她更醉了

105

你用谎言欺骗了自私
自私从此变得更加膨胀

106

真的什么都不说了吗
那等雪花过了吧，或许会更加温暖

107

你们在棋盘上排兵布阵
无论输赢总可以重来

108

洗衣机让每个污点得到了公平的捶打

109

你对人生的埋怨
是因为人生总有埋怨

110

他告诉你，别人在说你坏话
你告诉他，说坏话的人不是别人

111

运气是别人给你准备的
机会是自己创造的

112

冬天学不来春天的温柔
春天学不来夏天的热烈
夏天学不来秋天的浪漫
秋天学不来冬天的深沉

113

每一处细节都是大事
每一件大事都有很多细节

114

打开梦的雨伞
我会像雪花一样飘落

115

父亲藏起了双脚
将用轮椅走完一生

116

故乡的天总是那么矮
我甚至可以拨开云层瞭望世界

117

学会谎言
便可以用美丽修饰丑陋

118

如果你笑出了泪花
我会哭着为你祝贺

119

如果沉默可以暴发
我会选择黎明，与太阳一同升起

120

梦是旷世谎言
每当醒来总是一无所获

121

你哭了，却选择在夜晚
那泪水是黑色的

122

记住故乡的山
那是母亲的足迹

123

山河是曲线里的疆土
我要赞美你的曲折
是你把爱拐进了每个角落

124

你慢些走
风景在拐弯处

125

别在黑夜逃避
没人能看见

126

在梦里，我曾无数次跌入深渊
一次次被惊醒

127

母亲的曲线是故乡的山河
弯弯曲曲走过了一生

128

诗歌就像书法中的草书
凌乱中还有一根线

129

风景处有留人
留人处有风景

130

气流噗的一声，冲破两张皮
露出裸体的牙齿
你笑了，我也笑了

131

漂亮不是美
美一定很漂亮

132

天空哦，如果没有乌云该多好
那样鸟儿就不会打湿翅膀
我就会分得清泪水和雨水

133

樱花折了，成了姑娘头上的装饰
姑娘笑了，与樱树合了个影，走了

134

夜里，思念是孤独的失眠者
总会清醒的梦魇，带你走很远……

135

盆栽的那株小树
硬是让铁丝扭变了形
长得心疼

136

是季节推迟了
姑娘等待的花儿久久未开

137

一块块砖把城市砌成了巷道
我只有不停地穿梭才能看得更远

138

我喜欢大山，那是因为她藏得深邃
我想沿着小路抚摸每一寸肌肤
深吻大山的味道

139

不知什么时候你成了自己心目中的偶像
但不应高兴，或许你只看到井口的一片天

140

把谦虚留给自己
让别人骄傲地看

141

记住批评的人和记住帮助的人
是一个道理

142

年幼时，流星划着我的童年
长大了，流星还是那样童真

143

我在每一行诗歌修行
那里如此静谧，装着一颗安静的心

144

我怯于浮躁
想让思想鼓足勇气
滑入沼泽，越深越好

145

就算做世间小丑
也需要勇气

146

蓝红，玉中的少女

147

化石，你藏起了生命的痕迹
或许很多很多年后，我们也会被你包围

148

医生是缝补生命的鞋匠
鞋匠拥有足下最长的路

149

牙齿忌妒舌尖上的美味
关上了门，舌尖变得无处伸张

150

乞讨者与你交换着幸福
你们都在做同样的好事

151

向妇女致敬，你是大地之母
你们的伟大，是孕育了无限的生命

152

寂寞是无声的语言
就算沟通，也只是多了一个寂寞

153

阳光在缝隙中逃逸
也许在那里才能藏住温暖

154

可否记得城市里
最后一把浆，那是你的烙印
每当万家灯火时，你
总会幸福的笑着

155

龙脉九鼎今问道
不拜山来只问寒

156

你呻吟着想要找到痛处
试遍全身，却发现
她躺在心里

157

故事总是或悲或喜
折腾了作者，折腾了主人公
折腾了读者

158

不用伤心，即使残花败柳
还有头顶一片阳光

159

批评，是用一只眼睛恨着
另一只眼睛赞赏

160

如果我的灵魂达不到二十一克
我会找“雷子”要回多余的重量

161

太阳啊，你知道吗
当你点亮月亮时
大地却开始冷落她

162

岁月如流水
总会让清晨流向黄昏

163

你说：时间喜欢撒谎
欺骗了你的过去
我问：你明天会说今天吗

164

如果蝴蝶抛弃了花儿
那花儿一定会以凋谢殉葬

165

时间写入谎言，是虚构
真善写入谎言，是丑化
人生写入谎言，是扭曲
历史写入谎言，是篡改

166

流水是音乐的旋律
每一滴都是音符

167

过时了，还有发霉的味道
可那是你原来最喜欢的啊

168

我们弯弯曲曲走来
最后成了一条直线

169

你幸运地把我当朋友
我荣幸地把你作知己

170

温水瓶，永远装着一颗滚烫的心

171

蓝天把忧伤给了云朵
云朵哭了，浸湿了大地

172

藏獒伸出绝望的爪子
凿挖城市雾霾的窗棂
森林的遗骸重重叠叠
挤压出青铜长长的叹息

173

人生是过山车
曲曲折折，有高有低

174

看风景的人笑了

175

我不知道自己的生命经历了几分之一
更不知道未来的生命还有几分之一

176

想你
不知何时
花又开了
走了
存一瓣余香
吻上记忆

177

远，流着
淡淡的静
没有尽头
直到夜幕

178

山谷的水不像回声
来回撞击，她知道
大海的胸怀

179

每当你无声时
我才知道，你伤心到了极点

180

沉静的音乐
是你我心灵的声音

181

时间是陈年的老窖
藏着很多旧事
时间又是出生的婴儿
每天都是新的

182

忘掉是一种舍
留着记忆，或许是痛苦的陪伴

183

是正直，就应无愧于心
你终究会成为一只蜜蜂
累了自己，甜了他人

184

清晨，太阳吻上雪山
雪山的脸红了

185

太阳总是把世界一分为二
每天会定时从南半球走来

186

再极度的呻吟
也抵不过疯狂的爆发

187

岁月如刀刻蚀时间
任凭如何擦拭都会留下深深的痕迹

188

世界给我一个背影
我便要拉开帷幕

189

不是没有可能
而是可能没有

190

美来得突然
她超越了基因的轮廓
却让看你的人躲得远远的

191

平凡是真实的世界
就像诗歌里的每一个字
积累多了就会成为不平凡的句子

192

当一条路收尽峡谷时，你无需紧张
那只不过是下一个出口前的进口

193

每一个包裹都邮递着一种心情
亲爱的，别总想是收获
或许还有你不喜欢的包裹

194

你要保持高傲的姿态接受错误
因为错误也是你的孩子

195

当时钟在深夜敲醒你的梦
你就要抓紧时间在黎明之前好好回忆

196

当诱惑爬满了神经
或许，你每根血管都已被麻痹

197

我们注定是旅行中的过客
每一个精彩都是匆匆离别

198

当一个人深处泥潭时
你说一定要记住拉你的人

199

我喜欢下雨的感觉
因为它能让我冷静

200

别把朋友的真诚看成怜悯
就像不能把帮助看成施舍
因为他们终归有善良的心

201

也许我伤了你的心
但你知道我黑夜的泪水吗
那心是透明的，眼泪却成了黑色

202

太阳对月亮的施舍纵然是苍白的
但却照出了黑夜的方向

203

你庆幸自己曾经暗恋过
你说那是最美丽的青春

204

请给我一个微笑吧
哪怕苦笑，我至少知道
你还在乎我

205

诗人提炼着尘世的灵魂
他能听见内心最深的呼唤

206

被窝的温暖享受着懒惰的安逸
任凭舒展，我总是躺在朦胧中

207

鸡蛋里挑骨头
是一种正确的错误
那是不完美中的完美

208

有些事不必说
有些事说了不必在意
也许，生气是一种艺术

209

你用清高装饰了背影
我用背影对准你的清高
我们彼此都保持着高傲的姿态

210

那朵花是谢了
但应记住吻过的香
因为她，曾经把你熏染过

211

你终究忘不了过去
因为时间总行走在《逆时光》

212

当谎言可爱时
你会说，真话很丑陋

213

一个师傅教出了伟大的徒弟
那师傅一定更伟大

214

世界有一些笑
注定要戴上面具
就像真诚也需要伪装

215

此刻，阳光正拥抱你的肌肤
你却冰冷地拒绝了温度
说温暖的灼伤更加冰冷

216

惊雷抖醒了大地
你便要换上新装
准备迎接春的温暖

217

在阳光里
你与影子同行
你笑了，它沉默
你哭了，它还是沉默
你沉默了，它却比你还沉默

218

失眠是睁着眼睛一直做梦
如果是这样，你应该在白天
完成所有梦想

220

要记住：让月光作为嫁衣
是太阳对黑夜的恩赐

221

有一朵花开在最深处，却不孤独
她说，所有的花都围着她

222

不要因为白天而缩短了黑夜
因为黑夜，有更深沉的颜色
和更优美的曲线

223

听，那山脉起伏的高低
看，那细水长流的声音
一曲高山流水，让
世界变得如此静谧

224

简单的线，一头一尾
能挽出无数个曲折
人生的路，一头一尾
要经历很多起伏

225

那夕阳下的腊梅正笑得灿烂
还未来得及凋谢，却
成了黑夜前永别的一滴阴血

226

一个深吻代表不了爱情
玫瑰只不过是相识的见证
有诺言，更应有行动

227

墓碑前的对话
是两个世界的交流
生者说：我还不知道你的世界
逝者说：你应该过好现在的世界

228

星星虽小，却能点缀夜空
小草虽矮，却能顶着一片蓝天
只是不懂流星的速度为何要炫耀
不懂那片土地为何总让小草伤心

229

不必奢望伤心后有多快乐
如果有必要，就在夕阳前喝一杯红酒
一直醉到黎明的地平线上

230

女人说：哲学辩证温柔
男人说：哲学辩证强大
老人说：哲学是辩证死亡之后的生
青年人说：哲学总是辩证朝阳
我说：哲学辩证不了时间
只有时间才够辩证哲学

231

当校园的柳条俯及池水
此时，你也该发及腰身
找到了终身托付?

232

物质和精神
拥有相似的名誉
舍我弃谁？都可能会两败俱伤

233

当你长高时
一定要记住那个最矮的个子

234

我们走了很多捷径
可最后还是要弯着路回来

235

人生，被放不同的佐料
有时咸了，有时淡了
有时很酸，有时很甜
有时有两种味道，有时更多……
最后，分不清了
才说：很苦

236

蓝天是最美的传说
绿波浅唱低歌
黑土地蜷伏若虎
岁月的孤烟
划出时间的伤口

春　曲

正值当年，时逢盛世。你该出发了
峰已削，路见平，山峦可挡否
水可断否，荆棘可杀否？
拿出你的脚力，傲着头，挺着胸
放眼四方径直向前
不必在意山川乱石，只当皮下有痒
不必担心天降大雨，只当汗从头下
无需等待果实早为你结
谁此时接风，一路有飘来的信叶
金黄得你眼馋
你将身处彩色的世界，信手拈来便有鲜花
你将游荡在一排排麦浪之中
舞动着镰刀溅出了果实
可爱的笑，花灿烂得那样殷实
此时，你是唯一的主角！

黑　客

虚拟的世界
无数蠕虫听命于你
挤破每条甬道
那条萌动的信息
等了一天一夜
屏幕，键盘，鼠标……
全都瘫痪地闪着应急灯
你封住了每个出口

你不甘于此
抬起那诡异双手
执着地敲着键盘
屏幕上，爬行的代码
艰难地蠕动，贪婪的嘴
撕裂着漏洞，潜入的

“木马”终于闻到香味
此刻你兴奋地尖叫
你正窥视着女人的娇艳
还有她的一颦一笑
你静静地在屏幕上
打下俏皮俚语
亲，该休息了

夜已深，是你的原色
一双黑色的眼睛，正
偷窥着漆黑的世界
角落里爬满的蚊虫伺机而动
刺探着属于自己的尤物
黑夜里涌动的蠕虫
还有嘶鸣的“木马”
正寻找新的宿主
不知道下一个窥视
又会出现在世界哪个角落？

梦中的雨

那一场雨在我梦里
浸湿了整个天空
我深情地握住属于云朵的泪花
把它燃烧成每一个温度
去浇灌冷却已久的日子
匆匆埋葬世间的冰凉

我的头发已凝结成万根水柱
顷刻狂泄，冲洗着一身尘世的污垢
让塞满灵魂的皮囊变得瞬间呆滞
足下早已泛滥
是那么痛快，如此放肆
天地间唯我尽情洗浴

这是一场淋漓尽致
一次猝不及防的彻底冲洗
直到醒来……

致陵园

这一天
山脉拱着凝重的天空
集体向陵园致敬
苍翠的松柏下，那
堆积的形状已是一座座丰碑
白花佩戴的哀思
祭奠着长眠的英雄
墓碑上，每个名字都那样深刻
抚摸着你，仿佛
就在眼前

我不知道
用何等的句子
描述曾经的赞歌
熏黑的壕沟　呛满了硝烟

英雄躺下之前
血色　早已染尽夕阳
枪膛　已滑不出任何冲击
那棵烧焦的树
还有最后一片树叶
永远停止了呼吸

英雄的身躯睡着了
是带着对母亲的无限眷恋
嘶哑的鸟儿，穿过战火
那样低沉哀嚎
我可爱的家园
笼罩着墨乌的颜色
天从没那样的矮
伸手便可触摸到天堂
此刻，我听到了遥远的声音
对，就在陵园上空
松柏列队的姿势
正和着清风，奏着
回归的曲子

陵园睡得那样安静
我留下了那束白花
带走了思念

外　婆

您悄悄地走了
与空气作了道别
把自己送给了自然
从此故乡又多了一堆黄土！

故乡的天阴沉着
每一粒空气停止了跃动
用最隆重的仪式祭奠您

那不灭的香火
将成永别的温度
明天的日子是您与大地的拥抱
安息吧，亲爱的外婆
从此，外公也不寂寞！

晨　曦

黑夜追逐着阳光
生命加速剥离着母体
那个早上　一轮磅礴的太阳
在跃上地平线时
撑破了　母亲的腔膜
哇的一声　孕育出了
新的生命　诞生了
我们的孩子　晨曦

稚嫩的肉体　手舞足蹈
那哭声　宣示着地位
家，已不再是
二人世界

累，是一种成长

成长充满着欢乐
从哄抱　到牙牙学语
再到蹒跚学步……
你经历了发烧时的高温
惧怕针筒的推拉
还有我的不小心
在你脚背上　淋下了滚烫的开水
那疼　灼烧了我的心

你开始慢慢长大
那顽性竟成了孩子王
爸爸对你严厉
妈妈对你迁就
我们一刚一柔
竟成了惯性
时间已近八年
或许你不懂我们的心
可我们总在争取懂你的心
因为　未来的路有很长
我们想扎紧围栏
让你安全地看外面
等你长大了才让你跨过
那时　爸爸妈妈在里面

看你外面的世界

谨以此诗献给我可爱的儿子——晨曦

还有你的爸爸妈妈！

再写外婆

半年了，那坟头淋了几场雨
长了些碧绿，这是
外婆喜欢的颜色
我们拔了些杂草
仿佛在为外婆梳理
她的头发从来就那样整齐
直到走时，那疼
也没扰乱过一丝发髻

坟头支起的，是
另一个世界的帐篷
外婆安静地睡着，床头
那把已磨得发亮的梳子
是否，在每个早上
还对着梳妆台？

想起你慈祥的模样
还有，嘴里喊着我的乳名
那面容笑出的声音
暖了整个山沟

外婆，看到了吗？今天
我们带上了刀头，还有
你最喜欢的女儿红
你定要摆上一桌
与外公对饮阴冷的世界

不，一点也不阴冷
我要赶紧续上不灭的香火
温暖你的帐篷

还记得你走的时候
天是多么阴沉，此时
天还是那样阴沉
我们静静地来了
可，又要悄悄地走
怕惊扰了你和外公

外婆，安息吧
待到祭拜时
我们再来

老房子

离别近二十年
三间屋已泛黄成艺术品
土堆的墙体开始残垣

走进那扇大门
门神离别的样子
还是那样清晰

轻轻一推
几束阳光斜顶而下
打在相框上，我看见了爷爷奶奶

还有几张奖状
能看清几个名字，我的最多
其余的与墙一样黄

位于左边的里屋
那床朽得只剩一双脚
在上面，我做了好多好多梦

还有一辆自制的鸡公车
至今还记得妹妹坐车的样子
就像出嫁的公主

右边的里屋
风雨中已摇摇欲坠
垮塌的墙体覆盖了好多记忆

猪圈，鸡笼，还有一张床……
全都躺在了废墟里

二十年前的记忆
我就这样数落着……

又该离别了
我轻轻拉上门
深情道别

只是不知道
这一别
会有多久？

别了吧，香烟的味道

你无休止地咳嗽，始终停不下来
可你更停不下来的还是习惯地
用熏黄的食指和中指夹着香烟
大口大口地吸着，享受云里雾里的自我陶醉
我知道，香烟的味道对你总是一种诱惑
可那更是一种摧残

朋友，你其实根本就懂得人世间最珍贵的是什么
可你是糊涂，还是经不住诱惑
你戒了吸　吸了又戒
你当真待面黄肌瘦才肯罢休

我真不希望有这样的结局
至少，它可以让你尝尽往后的痛苦

趁早吧　我的朋友
真的别了那香烟的味道
别让一时的提神毁掉你一生的精气神！

时　间

我想做一只大雁
愿把时间划在绚丽的蓝天
我想做一条小溪
愿把时间流向蓝色的海洋
我想做一粒种子
愿把时间交给肥沃的土壤

因为在绚丽的蓝天
大雁能无尽地翱翔
因为在蓝色的海洋
浪花能尽情地翻腾
因为在肥沃的土壤
芽苗能茁壮地成长

可

绚丽的蓝天
有时仍有乌云
蓝色的海洋
有时仍有风暴
肥沃的土壤
有时仍有焦土

时间赶着生命
可我不能催着时间
我想停下来
站在树上
想停下来
避在港湾
想停下来
躺在母亲的怀抱
再等等吧
时间一定有答复
会让生命更精彩

生　命

我不知道自己的生命经历了几分之一
更不知道未来的生命还有几分之一？
只是感叹身躯进入故土的时间在慢慢缩短

感叹生命的旅程
不是一条射线
而是一条线段
感叹死亡像魔鬼一样
催着你从一端驶向另一端
赶着时间加快结束那剩下的几分之一

我们只有祈祷
时间再走慢些
留下更多有限的生命！

青　春

时间赠送了青春
从此开始倒计时

生命的衰老
用记忆盘算着

何曾知道
最初的一根白发
开始逆转
岁月的流逝
不可阻挡

一岁一个记忆
记忆多了
年龄增了

生命没有永恒
青春何以长驻?

我们每天见着初升的旭日
新旧不停交替
不变的规律
守着变化的规律

一天一天
一年一年
我把青春刻成了记忆
时间帮我们倒计时!

既来世上，怎不作留

黄昏有寒
还有夕阳做伴
温存照旧

叶到枯黄
还有大地为伴
情义尚在

人近终老
还有真情相伴
大爱依旧

朋友
我们既来世上
怎不作留？

留着微笑，献给汪国真

诗人走了
他的诗留下了
那些在人生长河摸爬滚打的文字
还喘着气息
苦痛的呻吟含着幸福
蠕动着，跳跃着

诗人走了
他的诗留下了
没有人留念你除了这永久的生命
还有不息的灵魂
永远驻留心中
恋着，想着

诗人走了

他的诗留下了
他在天堂的微笑拥抱着快乐
洒向人间
昨天的故事幸福延续
让我们微笑着走向生活

你安静地走了
我静静地读着
听见了天堂的笑声
我收获了微笑，稳稳地捧着
温暖着冰冷的种子
站在冬的近邻
随时准备跨过，拾起绿的希望

唤　醒

诗人的笔尖
唤起你青春的激情
摒弃世俗的烦恼
读着时代的强音
勇敢追逐属于自己的梦想

朋友，来吧
扬起你青春的风帆
奏响时代的旋律
把美好的明天
刻在幸福的彼岸

假如我是诗人

假如我是诗人
我会躺在花海
深吻每一朵鲜花

假如我是诗人
我会站在高山
接住每一轮朝霞

假如我是诗人
我会乘着风帆
走遍每一个角落

我真的希望
用深情留住浪漫
把阳光洒向大地
让梦想飞遍世界

梭磨河

我沿着弯曲
找到了你的归宿
你安静地吸着母亲的乳汁
可又安静地离开了
母亲在高处
你在低处
她注视着你奔向远方……

九鼎山

九鼎而立众归来，
不拜山来只问寒。
胜寒本应最高处，
方能尽显好儿男。

举目眺望众山小，
环略山川多壮志。
敢与天公试比高，
云下深处度气闲。

问道西羌

龙脉九鼎今问道，
拜水岷江追溯源。
尔玛羌人忆何来，
岂止羌笛怨杨柳。
怎奈昨日关外游！

今有羌城重拾忆，
路径漫漫岁月长。
几度文明多沧桑，
寻根问祖皆有答。
无须再问哪里来？

茂州·深夜

夜已深时山仍见，
只因灯火偶有亮。
万籁俱寂还作声，
唯有岷江水击岸。

水调歌头·长江

北上黄河哮，南下长江鸣。万里长江东去，遥看天际流。任凭风雨飘摇，坐享船篷看景，一路多惬意。雨帘垂头下，哪管清凉身！山高低，树胖瘦，皆后移，两岸景致殊同，唯有水长流。人有思绪万千，搏激流勇退，此处浪淘尽。只愿此长留，不问是非事。

花儿断肠，情已殇

孤芳自怜花凄落，愁尽断肠诉衷情，谁懂，谁懂？

红花黯然，已失昨日艳！痴痴伤情，泪满面，仍不见情郎归？

独守夜空星相伴，望尽天涯情已殇，谁知，谁知？

星光淡然，已尽昨日亮！痴痴等待，泪流尽，仍不见情郎归？

听江水，泪尽流，望星空，声不回，去罢，去罢!!

寒 柳

寒柳更衣，还剩几片，不到凋零；雪中婀娜，可怜风不及摇，稍有孤单，不至凄凉。

春芽何时，只待暖风。寒柳有姿，衣不蔽体仍有笑，有姿有色，静待岁月笑满面。

未凋零的人，隐于寒柳，肤与叶黄，同享轮回，彼此相望，笑容还好温暖。

春风何时袭来，待叶及身腰，发及鬓角，定会满园春色。

把笑吹拂，寒柳及人，又迎来生！

冬　日

转眼即逝，留恋可否？不曾忘寒，几分刺骨凉透人心，问他？回头可否有深浅，好在恋及你我相依，睡卧柳旁，那枝叶冻得不成身形，不甚为恋！

随他去，彻底些，干净得不留杂念！任凭风捎，当是暖风前奏，气微兮兮，一气呵成，轻履步幅，解脱的身带着解脱的心，猛一乍凭望栏处，柳绿已满全身！

茂州图景

南立九鼎，雄踞龙脉，有寒三分。北坐羌城，古往今来，有史千载。咏三沟九海，游十四景享四季，惬人意。唱岷江峡谷，风萧萧然赶茂州，垂杨柳。羊鼓喧天，笛声悠扬，萨朗翩翩，羌红万道迎远客，好一幅茂州图景！

回眸一笑·暮人群

丰腴窈窕，丹红两半，柳叶轻眉，神亦仙飘，茫茫人海唯你最娇，回眸一笑有佳人，不知手足敢对视？

忽一眼，暮人群，怎不多留？佳人待有佳人回，两眼欲穿，不知去向，只想得一记回眸何时再来？

乡土味道

乡土有味，哪闲泥满身。土为墙，瓦为天
炉火炊烟，那味道起于灶。兄弟相谈甚欢

竹林有声，清风徐来。一枚竹叶捎来问候，可否记得竹下嬉戏？

难忘田埂嬉跑，那一滑尽是满身泥
笑容看来美在丑里！

突然雷电袭来，大雨滂沱。兄弟竞相奔跑，终被包在雨中，一身前所未有的透明

故乡的云飘来又走了，我欲乘去
带走泥土连同雨一同收藏，闻她一辈子！

岷　江

你终究藏不了那么多的水
就像母亲要哺育自己的孩子
挤着万根血液
从那高贵的乳头喷出

你深爱着世间的一切

每天清晨，那岸边的第一记响声
是母亲唤醒孩子的声音
告诉他们，阳光已开始温暖

你又开始新的一天

安逸的环境总是要被打破
暴风雨终于来临

你咆哮的样子，深不可测
性格怪异，是要卷起世间万物
冲破所有籓篱

你击疼了，岸边那颗脆弱的心

还是喜欢你安静祥和温顺的样子
问候着，就像少女的裙衣
舀起一片湿润，泛起汶波
羞答答地吻着

那清脆的声音一直下游

我伫立岸边，静静地
就像孩子要寻着妈妈的声音
一直流向远方……

秃　鹰

蔓藤旁边，那只秃鹰与冬天一样萧条
深褐色成了白雪中最耀眼的颜色
我猜想，那孤苦伶仃早已成为苦行的修者
再大的抱负也顶多是山崖的回声
连脆弱的枝条也无法撼动，静如死寂一般

旁边那座坟墓，茂盛的野草
早已被大地吸干了脊髓
干枯得只剩下金黄的颜色
露出了黄土狰狞的面目

她右脚浸着血，没了温度
冷风穿过枯叶的缝隙像刀片一样刮着伤口
可怜的生物，我却不能与你相伴
你该休息了，去吧
那里是你安息的地方

女　人

矫情的纱巾遮住了女人害羞的脸
红通得只剩半边月亮
飞过的彩蝶回过头
脚一颠忍不住，害羞地飞走了

女人的脸更是通红
背着男人的心悄悄地走进了丛林
以为那里泄下的光芒会躲藏

不听使唤的风突然掀开了纱巾
丰腴的嘴唇忽地接住阳光
吻出了一道红印

感动中国

——谨献给那些可亲可敬的人

孙家栋，那万星中的一颗
用担纲精神写下航天传奇
璀璨了中国，光耀了世界
您是我们尊敬的“80后”

王峰，这位烈焰中的英雄
用无畏拯救着他人
最终被火苗吞噬了生命
您是男子汉中的男子汉

支月英，这位被别人称为傻子的女人
不忘初心用36个春秋播种乡村教育
一生守着承诺，平凡中不平凡
您让我们辛酸，更让我们自豪

秦月飞，耶鲁高材生
敢为人先，扎根基层最需要的地方
一次次放弃提拔，一次次甘为“村官”
您是我们的好榜样

张超，蓝天中的雄鹰
为了坚定的航标，忠诚地捍卫着飞行事业
不幸折断了飞行的翅膀
您永远活在我们心中

李万军，焊工总教头
把工匠精神焊在每一个缝隙
焊出了一个又一个杰作
您是行业的翘楚

梁益建，自谦小医生
不停地拯救着生命，干着大事业
攀登医学上一个又一个高峰
您让病人挺起了脊梁

郭小平，敬爱的校长
用爱心让孩子们尊严地活着
成了孩子们亲爱的父亲
您是红丝带的守护者

阿布列林，一位少数民族法官
用铁面无私践行着公正公平
恪守着法的准则
您惩恶扬善，是法律的坚定守护者

潘建伟，你让量子领跑世界
给国家安全又筑起了一道屏障
实现了年轻时的梦想
您是有德有责有为的科学家

郎平，一个团队的符号
用坚持不懈带领团队打出一个又一个精彩
续写了中国女排精神
你们是激励中国前行的力量

他们是不同行业的佼佼者
他们最初是有德，然后有责，最后有为
他们都有一种精神，那就是中国精神
他们都有一股力量，那就是中国力量
他们都一个梦，那就是中国梦

雪花，驻了

一片片雪花
画出了天地最美的纯洁

我站在田埂上
用一手温暖接住

发丝上你不停地涂白
染尽了满头黑发

你飘逸的形状洋洋洒洒
舞着欢乐的姿势

只是遇到了几束阳光
你迫不及待，驻了

去得无影无踪
你说春天更美！

感　冒

病毒瞅准了时间
在立春的第一天侵入身体

接踵而来的咳嗽抖动着身躯
那痰浓得能粘连每一个器官
不时的喷嚏接二连三
打出一个个冲击波

全身没有丁点春的希望
犹如凋枯的秋冬
每一处细胞不停地挣扎，却终究
拨不开病毒的阴谋

看来，自己真是一个生命的弱者
对抗病毒仰仗不了抵抗力

多日挣扎仍不见起色

只能用起阿莫西林一类的药物
硬是要借助鞭子狠狠地抽打
杀去病毒的嚣张

一服接一服
三天不到，渐有起色
咳嗽退却了，喷嚏消失了

内外功一道用力
终于恢复了肌体
春的第一次考验宣告结束！

什么样的感觉

那感觉是要疯了
酒没有了杂粮全是酒精
翻过你每一块皮肤
一浪接一浪

头脑全是空白
连一点黑也找不到
没有色彩
白得那样苍白

脚一长一短
一边踏空万丈深渊
一边悬挂在玻璃盖上
一眼望去深得你没有了魂

红通通的手
不同方向摆着五个手指
没有统一指令

把头埋下
想睡他三天三夜
不管项下身躯

待醒来
要清醒一辈子
从头到脚一个指令
一个方向

自言自语

酒里有倒影
未醉有形还记得那模样
一幌只有几个清晨
便有了皱纹白发

角落的你自言自语
月光清冷还未落下
有几丝斜影独照
可否记得与你同岁？

夜静得只有你我
命运在天明前就萌动
前方的路还未成行
便要赶在地平线上

酒醉，人不醉
自言自语倒能听清
能数得几人，加上
几丝苍白的月光

离　别

立春的暮色
站台上
老人牵着孙儿
望着远方

奶奶，爸爸妈妈明年还回来吗？
回来，回来，要回来
他们挣了钱就回来
会给你买好多好多玩具

嗯，我要买飞机
好好好，那我们回家吧
爷爷一个人在家呢

明年我们又来这里

接爸爸妈妈

嗯，奶奶

我们回家了！

雪　山

是云朵还俗了
侵入了你的肌体
让你的纯洁高过一切

我仰望云朵
抚摸那最厚一片
留下一记嘴唇

云朵笑了
尽情洒下，一片漫天

我一手温暖
握住每一片，属于
自己的雪花，大声呼喊
雪山，我是你的精彩

你走了

说好不走的
你走了
说好不在下雨天走
你还是走了

静静的夜
那孤独的伞哭了
你说雨流着泪
化作了泥土
卷走了一切

那张白纸

那张白纸，如果没有诗
纵然有干净的轮廓
也不如粪坑中的石头臭得那样执着
迎来的鄙视都充满着味道

我想赞美，但在没有诗的表面
你却那样无主，一席微风
让你轻浮得找不到方向

我瞧不起你的软骨
想把你黏住，裹着石头
证明你内心的强大

可你终究不如石头
在雨水中冲刷得一塌糊涂

你最终打好了格子
说只有诗才是你的挚友
才会与你无声对话
播下灵魂的种子
纵然掉进粪坑
还能修饰肮脏的味道
让轮廓更加干净

夕阳下的梦魇

夕阳的余晖还能照出影子
我与他一前一后，把路折弯了
藏进了深深的山谷
留下独自的脚步

山顶还有一姑娘
背篓盛满了夕阳的余晖
映红了姑娘的脸庞
她，是夕阳离别时的恋人

我失眠于山谷，开始梦魇
追逐着夕阳下每一线美

我拼命地奔跑
终于抓住了影子

我前她后，我后她前
而后，突然消失

夕阳带走了姑娘
留下空空的背篓，还有我
呆呆地等着……

胡言乱语

语言就像冬天的洪水
冷得发抖，蹦跶不出几个字
收缩的肌肉如同僵尸
跳出的句子全是停顿

发霉的修饰
用慌乱的脚步
丈量高低，摇摇欲醉
一副古朽

枯竭的思想
似一具骷髅
进进出出，全无装饰
没有一根神经

春天变得反复无常
阳光化不了雪花
冷疼了姑娘
羞红的脸蛋，全是化学反应

我期待春来，化了寒
解开冰冻的洪水
冲出一排排修辞
美尽河山，美尽姑娘……

读《白鹿原》的女人

翻开第一页
那男人值得骄傲的女人，死了三个
你顿生心怜，恨透了男人
一个个女人死于非命！
你闭着眼睛不忍再看
为什么那个年代，女人
命运如此悲惨？
你准备把书放回原位
生怕触动了女人的灵魂
图书室的书一排排
上下七层，左右两排
从外到里，光线次第见暗
“嗨，选的什么书？”
一只手突然落在右肩上
《白鹿原》从右手滑落在地上

是你的姐妹
她也拿着这本书，正准备看
她问你，“看完了？”
你答道“没有”
她又问“还了？”
你说“嗯”，这声音
应该只有书里的人才能听清楚

阳光斜影了半个时辰
进入正午，一个好似抽泣的声音
从一个角落发出
是你的姐妹，是她
桌上两张抽纸已丢了原来的形状
“怎么了？”
“太惨了，一共娶了七个女人
第一章就死了六个”
“第一页就死了三个”
“走吧，不看了”，“嗯”

昏暗的灯光下
姐妹走出了图书室
留下了书中孤独的灵魂

母　亲

我记得故乡的山河
那是母亲的曲线
我记得故乡的颜色
那是母亲的颜色

还有那片土地上
纵横沟壑
那是母亲的皱纹

我记得母亲的汗水
流了很多很多，顺着沟壑淌下
浸润了每一片土地

丰收时，母亲扛着一袋袋收获
追逐着马路上轰鸣的拖拉机
说是要换来美好生活

啊，我的母亲
你说美好生活在我们身上
可那时，我幼小，孩儿不知
惹您生了多少气

可否记得？
在田埂上，你用黄麻杆抽打我
数学考了三分半
语文考了零分

你追，我跑
你骂，我哭
你打，我跳
孩儿不争气
硬是让你气昏了头

三十年过去了
如今，您老了
打不动了，跑不动了，骂不大声了
我好想再回到你的怀抱
硬是要让数学多于三分半
重新回到起跑线
考个翻天覆地
给您换来美好生活！

在梦中呼喊你

还记得　粉红的脸蛋
还有那害羞的身体
开始接触的火花
瞬间 暖了寒冷的夜晚

分别的日子　已没了雪花
离春天　还有一个时晨
你说　只是一时温暖
不小心打开了久违的诱惑

你在立春的第一天走了
再也没有回过头
如今　远方的你可好？
我只在梦里常呼唤你

石头人

石头是封住的文化
形状早已固定　每一根线条
都记录了宇宙的方向
每个石头人都想循着痕迹
找到宇宙起点　复活世间万物

与万物相似　哪怕意象
石头人都会惊呼　他们认为
石头装满了整个世界
每一个相似　每一处意象
都独一无二

走进石头人的家
便走进了大千世界
他们是哲学家

也是考古学家
他们喜欢石头的秘密
喜欢辩证宇宙

石头的世界就是石头人的世界

苹　果

她是
树的孩子
也是
我的孩子
记住
别吻太深

要
轻轻的
轻轻的
不要
伤了树
还有我
怜悯的心

锄　头

故乡记得你，你刨出了土地最深的痕
那痕穿过岁月装满了四季风雨

母亲记得你，你一生画出了无数弧线
那弧线硬是拉弯了母亲的腰身

太阳记得你，夕阳下的最后一道风景
总是夜幕降临前的孤单

忘不了你的模样，还有
你对土地深情的吻，如今
母亲老了，你还年轻
不知道你还能陪夕阳走多久？

素　心

寂静的夜晚
你靠记忆数着
山脉的曲折
那喘息声
停在了拐弯处
闻到了风景
一湾清泉
汩汩流动
漂泊的叶子
寻着根的归宿

笔

山脉任你扭曲
你让辛酸装饰一草一木
丑恶任你描绘
你让美丑难辨世界
你笔下生辉
曲折便会坦途
英雄可以横空出世
小丑只能独自呻吟
你能让主人翁生死离别
又能让他绝处逢生
你可以让蓝天装满乌云　下个一万年
可以堵住江河　淹它个万世
你的败笔是无处下笔
你的点睛是熠熠生辉
你恼怒时　会乌天黑地

你兴奋时　就行云流水
脾气和个性皆有
歌声和欢乐皆有
万恶和悲伤皆有
你是主人忠实的奴隶
一切心语由你而生
朗朗乾坤　日月星辰
你把世界描得惊天动地
如果要颁奖　我会提议
你一定要　站在诺贝尔的领奖台上
让全世界为你欢呼

葬品

你说，在腐朽之前
乞求世界给你一个奖杯
让炉火把它铸成青铜
刻上现代文明
深藏一万年

到那时，现代又成为古代
青铜已是昨天的陪葬
你只剩下一副骨架
成为唯一的证人

或许，你还会与它
一同进入博物馆
那时的书，有一页记载：
公元 2017 年，你得了一个奖杯

美丽的松花江

记忆中呼喊你
我来了　又走了
何时再相逢?
只待君成行

——记忆里

“……我的家在东北松花江上
那里有森林煤矿
还有那满山遍野的大豆高粱……”

名字多么熟悉
那旋律固定的记忆
历经数十载
早已在心中涌出了

你宽大深沉的面容
急促的喘息奔腾而激扬
起伏的音符　唤醒着
土地上每一个灵魂
那时　我记住了你
忧伤而多难的松花江

——我来了

走近了　那轮
悬挂在地平线上的夕阳
久久留恋　余晖
洒尽在每片浪花
拨动的旋律
那么温柔　平静
亲切的温度
浸润着久违的肌肤

沉重的石墩
举起铁路桥
讲述着百年记忆
那饱经沧桑的历史
已嵌入你的身躯
达一个多世纪

我沿着轨道
以男人的温柔
挽着你　聆听着
江面上　北风吹拂的问候
眼睛犹如空气一般
静静湿润……

洁白的浪花舞动着
深情地触动石墩
那奔腾不息　正奏响
激情的松花江曲
没有忧伤　不再哭泣

你牵挂的孩子终于来了
那份念想已思慕
太久太久　此刻
我想大声呼喊：
我来了　美丽而多情的
松——花——江

——又走了

时间随着夕阳
躺进了夜幕

千里之外的那份惦记
已隐没于霓虹
江水的声音
穿过中央大街
还有索菲亚教堂
直到驻地
响起的旋律
又将成为新的思念
请记住我——亲爱的松花江
我来了　如今
又要走了

“……我的家在东北松花江上
那里有森林煤矿
还有那满山遍野的大豆高粱……”

自嘲（后记）

岁月如流水，总会像清晨流向黄昏。我记得第一个故乡，地处四川资中县丘陵洼地的那栋“老房子”，仿佛看见接生婆趁着夜幕，在煤油灯下剥离母亲的肉体，血和泪，还有汗流淌着；仿佛听见娘胎爆破的第一声哭，一个崭新的生命注入了世界。从此，生命沿着黄色土地一路走来，曾经历短暂的喘息，却未能踏入鬼门关，最终直立了身板，从小学，到中学，到大学，走出了校园，来到了第二个故乡——地处四川民族地区的阿坝藏族羌族自治州茂县。这里有淳朴的民风，她比第一个故乡高很多，离太阳更近。这是人生新的启程，是脱离母体的第一次真正独立。我开始接触更多的朋友，有了新的思想，成熟的生命开始慢慢绽放，年轻在生活中捶打，渐渐褪去了些棱角，白发第一次成为时间的见证。

自己成为一个上了年纪的年轻人，正重复着别人走过的路，品尝着别人试过的味。我本想让其成为虚幻的梦，把不是磨难的经历全扔在乡间田野，让故乡的炊烟送给云朵，是那么自由潇洒。可时间选择不了风向，终究把自己吹到了现实边沿，让一切洗礼自己，有清高、世俗、孤独、彷徨，还有棱角上的锋芒……

我渴望生命的强大，毅然接受意志的锤炼，让笑看世界、喜逢人生成为能屈能伸的人生哲学。当曲折筹满脚力，力量加紧催促时，我揉碎着文字，活出了满满“春曲”，是正值当年，该出发了，便成了一首首久违的“素心”。

《礼记·杂记》曰纯以素，我当理解为净或质朴。心因素而净，不加装饰，就像那颗裸露的白石，任凭风雨，永不消色！是傲视池塘的荷叶，任凭鱼浊风搅，洁净一生！诗是灵魂的再现，那里是纯净的天堂，我喜欢躺在每一行诗里，聆听安静和谐的声音，没有杂质。我把诗比喻成海洋，想把一切写成诗，希望每句诗行蒸发成一场场雨，哺育万物、装饰灵魂。

可一个上了年纪的年轻人又怎能超脱世俗？我曾自嘲：自己是一个多彩的人，喜欢让多条橡皮筋同时弹出生活的节奏，喜欢橡皮筋收缩自如的性格，成为生活的态度。

生活充满着矛盾。心该何以素？素何以成为心？我自问不答，只在诗里对话。

感谢诗里有我，我必成为诗！

2017 年 3 月